詩集

フラクタル

fractal

市原 礼子

澪標

市原礼子詩集　フラクタル　目次

Ⅰ　フラクタル

Ⅱ　伝説

Ⅲ　月の名前

Ⅳ　葉の断片

装幀　上野かおる

I

フラクタル

フラクタル

＊fractal　どこまで拡大しても内部に自己と相似な図形が無限に組み込まれた複雑な図形

フラクタルを探しなさい！
詩の女神の啓示

フラクタルって何？
みんなが持っている
心のギザギザ

ずっと
目を背けてきた
怖くて
見ることができない
弱い心のしでかしたこと

均《なら》して
可もなく
不可もなしの
毎日を生きる

不規則な感情
予測できない後悔

詩の女神は核心を追って
さらにいばらの道を進む
その後ろ姿こそ
フラクタルそのもの

いつのまにか
あとを追っている

話しておきたい

裏庭の石垣に浮かぶ白い顔
昼間の月のようにぼんやりと
夜になってもそこだけ見えてくる

鼻の位置が丸く盛り上がり
目の位置がたれ目っぽく窪んで
何か言いたげな顔のよう

白い顔とわたしは
心を通わせ始めている
たとえば白い石になってみる

近くに寄っていく

目の前にあるのは
ただの白い石垣の石

わたしは石の中にすべり込む
誰かが帰って来るのを待つ
気がつくだろうか

小さな動物が頭のあたりに寄って来る
座り込んで毛繕いを始める
わたしの髪もなめてくれる

遠くから白い石を見る
やっぱりなにか言いたげな白い顔
親しい人のように浮かんでいる

いつかみんなに話しておきたい

うたうように

目をとじて
あなたの声を　さがす
どこへいってしまったの
わたしのかわいい　ことり

あなたがのこしてくれた
たったひとつのことば
うすれてゆく声

アイスクリームをすくって
あなたのくちへ
おいしい？　と
あなたのはじめてのことばは

わたしのまねをして
おいしい？

うれしくなって　わたしは
まいにちアイスクリームを
おいしい？　あなたのくちへ
おいしい？　あなたはこたえる

わたしとあなたのあいだを
ゆきかう声
あなたがのこしてくれた
たったひとつのことば

天上のアイスクリームを
たべているのか
あなたの声が　きこえてくる

生まれ変わったら

生まれ変わったら
また同じ人と結婚する？

小さな人からの
無邪気な問いかけに
三十数年前のことを思い出す

大きな手術をおえて
自宅療養をしていた母を囲み
女ばかりがにぎやかにおしゃべり
従姉の一人が同じことを母に訊ねた

母は笑みを浮かべたまま

少し考えて茶目っぽく答えた
違う人生もいいね

従姉たちは意外そうな声を発した
幸せな結婚生活と見られていたのに
母はその問いかけで生涯を振りかえり
違う人生を考えたのか

今頃になって思いをめぐらす
母の違う人生
この小さな人につながる
私の違う人生

いま私は
答える言葉をさがしている

だいすきだよって言って

孫娘に

だいすきだよって　言って！

初めてひとりで　お泊りに来たとき
私の首にしがみつき
あなたはそう言った

この世に生まれて
まだ　間もないのに
もう　孤独の夜を知っている

やっとお座りが出来るころ
椅子の上のあなたは
ハッとするほど　ひとりだった

ポンと置かれた椅子の上で
そこに居ることにただ懸命な
あなたの顔

背中をなでるうちに
あなたは　やっと
こどもらしい寝息をたてる

誰におそわるわけでもないのに
愛を求めるこころ
それに応えたい

だいすきだよ！

ひらり　ひらり

雑多なものがあふれる机の
東京スカイツリー3D絵はがき
瀟洒な塔がびゅーと立ち上がる
孫娘と遊んだあの日は富士山も見えた

別れの時
ホームの端へ行ったきり
戻ってこなかった
きっと涙をみせたくなかった

もっと小さな頃
いつのまにか
二階の窓から団扇を飛ばしていた

あらまあ　落ちないでよ！　と言ったら
窓に腰かけたまま
どうして怒らないの？
庭に団扇が何枚も
ひらり　ひらり

絵はがきの塔からも
ひらり　ひらり
落ちていくものが
いつもやられちゃう　あの子の成長
次に会うのが楽しみ

塔は編み細工のように美しく
街を見下ろし
孤独に立っている

空にとぶ

風の強い日
団地のあいだから
狭い空に飛び出していく影

ひとつの窓から
つるつるとつながって
あるいは単独で
空へ　空へと

もっと楽しいところへ
行きたいから
ここから飛んじゃうよ

青い影　赤い影が
空を泳いで
高みに昇っていく

硬い石に打ちつけられて
体はなくなってしまっても
あなたの生きていた時間は
決してなくならない

飛び出した影は
五月の空に
体いっぱいに風をはらんで

いまになってようやく
活き活きと　魚のすがたで
空を泳いでいる

綺麗な風

飛行場で妻子を見送ったら
急に寂しさにおそわれた
のちに夫は語った
私は妊娠八ヶ月
雪の残る北国から慌ただしく
余命宣告を受けた母のいる家へ

母のまわりに集まる家族は
不安な心を隠し
あたりさわりのない会話をかわす
問いかける母の眼を
受けとめることができなかった
母は知っていたにちがいない

やがて私は息子を産み
母の細い腕が
赤ん坊を抱きあげる
そこでの日々は
決められた結末に向かって
のろのろと過ぎていった

湿り気を帯びた光が
暗い家の中に溜まり
静かな時と喧噪の時がくりかえされた

六月の未明に
集まる家族のうえを
綺麗な風が吹き抜けていった

身体ひとつで

何もかも放り出して
身体ひとつで出かけませんか

毎朝わたしを誘う白い砂浜
横づけされる木造の古風な舟

水面に顔を近づければ
たくさんの魚が誘います

潜ってみますか
青い海へ…

目覚めたばかりなのに

いつのまにか夜のとばりが降りている
わたしを正気にひきもどす
本棚の幼子のはにかんだ笑顔

ありがとう
あなたのことを忘れてた

毎日毎日忘れては
毎日毎日思い出す

うつつの時が過ぎてゆく
小さなよろこびもある

身体ひとつで出かけるのはまださき

ちぎれ雲

急ぎ家を出たら
ルネ・マグリットの空
満天の空
ちぎれ雲
隙間から青い眼が
覗いている

隠されていたものが
ようやく現われた
まばゆい光
ちぎれ雲の白い光
空をおおいつくし
びっしりと

２０１２年の晩夏
空を見上げたわたしは
流動的な雲の動きを
まぶたにとどめ
この思いを
忘れてはならないと

この日この時刻
この景色とともに
もう忘れてはいけないと
駅に向かって
足早に歩きながらも
空を見上げる

月の夜

西の空から光が射す
ぽっかり浮かぶ半月
一寸法師が乗るおわんの月
白く透けた　昼間の月は
睦月一月　みずのえうまの日
真夜中になって
あまりにも強い光で迫ってくる
光の矢に射ぬかれて
死んでしまうかもしれない

そうなったとしても
受け入れるしかない

かくされたあやまちが
あらわにされる夜

悔恨の刃が
荒れ狂う

上弦を過ぎた月は
ビルの向こうへ去っていった

Ⅱ　伝説

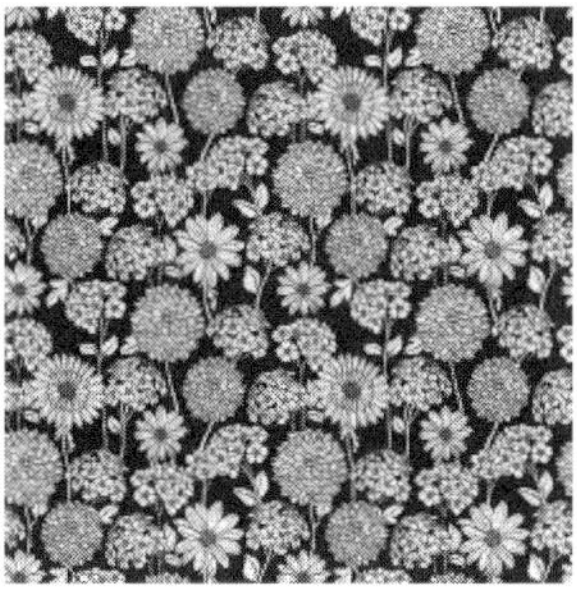

伝説

遠くのものがよく見え
近くのものがつまらなく思えたころ
書を捨てて町に出ることや
家出をすすめられたわたしたち
いまや家のなかに落ちついて
悔恨の思い出のなかに生きている

いまやこどもは家から出たがらない
部屋から出ようとしない
時は矢のようには流れない
時はしずかに澗まいて
立ちつくすこどもに
ちちははに降りつんでいく

ちちははからこどもに
つたえてこなかった
いまやちちははは家のなかで
老いて萎びてかさかさになって
あとかたもなく消え去っていくのを待つばかり

ちちははからこどもに
つたえるのは　いまから
老いて萎びて消え去っていくわたしたちを
わたしたちの思い出を
この家の中で
わたしたちのこどもにつたえる

わたしたちの伝説の　いま

＊会田綱雄「伝説」

どこかでベルが

深夜に
マンションのどこかで
ベルが鳴り響いた

消防車も駆けつける騒ぎ
火元はなかった
誰かが非常ボタンを押した
よくあることかもしれない

誰かが助けを求めているとしたら
誰も気がつかないで
去っていく
どこかに取り残された人がいる

人をのみこみ
息をひそめる家
黒いマンションの小さな窓に
明かりがともる

どこかの部屋で
解除できないベルが
鳴り始めた

悪夢が目を覚まし
胸の奥のボタンが押される
頭の中で鳴り響くベル

遠くでベルが鳴っている

羽鷹池《はたかいけ》

病院からの帰り道
羽鷹池公園を歩く
初秋のやわらかな日差しが暖かい
身体がほぐれていく

鳥がつばさを広げたような小さな池
家族で住み始めたころは竹藪の中に隠れていた
整備された池もいつのまにか
水草が黒々と水面を覆う

池の端にぽつんと佇む
小さなシラサギ
足もとのむらさきつゆ草が風に揺れる

なぜここにと訊かれたら
空が明るかったから
住む場所をさがしてこの地に来た
こんなに長く住むと思わなかった

歩みは単純な理由で始まる
些末なひとつひとつのことが選択され
進む方向はいつの間にか決められる
それぞれの道は離れていく

自然を見るように澄んだ目で見る
道が見えてくる
細い背中が見えてくる
昏い池の上の日差しがゆらめく

片づけようとして

引っ越しの荷物も片づかないうちに
悪い知らせが届いた
数日前にお別れの花見をしたばかり
母の顔が蒼白かったのは
花の影のせいではなかった

こどもたちははしゃぎまわり
母は笑顔をつくっていたが
ほんとうの別れになるとは
胸が苦しいと言って病院に運ばれ
私たちよりも遠くへ行ってしまった

母のいなくなった台所の戸棚に

空き瓶がいっぱい
きれいに並んで光っていた
みんな捨てちゃうのか
父がつぶやいた

お父さんあの時はごめんなさい
父も亡くなった
贈物の空き箱や包装紙　りぼんまで
捨てられないのよ　母は笑った
わたしの台所でもいつの間にか溜まる
空き瓶　空き箱のたぐい

空っぽな容器に
見えないものが溜まりつづけ
突然にあふれ出す
家の中で立ちつくすのは　そんな時

安達原《あだちがはら》

安達原　鬼女の物語
舞台の周り　蝋燭が灯される
笛　鼓　太鼓が奏でられ
地謡が始まる

襲いかかる白頭の鬼女
山伏たちは数珠を揉んで祈る
追いつめられた鬼女が
どうしたことか童女に見えてきた

生き別れた娘とは知らず
身重の女を殺してしまい
そうと知って狂った女の末路が

私のなかで鳴り響く

骨壺を膝に抱いて斎場からの帰り道
眠気に骨壺を落としそうになった
こんなときにも眠くなるのだ
子を亡くしたのに

鬼になれなかったたくさんの私が
鬼女となって山伏と闘う
鬼女が祈り伏せられる
鬼女の哀しみを祈り伏せることはできない

鬼女の哀しみは消え去らない
哀しみが鳴り響いてやまない

奄美のクロウサギ

＊アマミノクロウサギは奄美大島固有の絶滅危惧種

奄美のクロウサギは地中の穴に仔を隠す
乳をやるときは穴を掘りかえし
地上に出しておっぱいをやる
充分に飲ませるとまた穴に戻す

念入りに土をかけ
前足でとんとん押さえ
奄美のハブに見つからないよう
地面を均して立ち去る

ここにいるかぎりあなたは安全
暗闇の中で目は見えてくる

耳は聞こえてくる
安心して眠りなさい

奄美のクロウサギは
隠した仔を忘れない
掘り出すことを忘れない

ここで私の疑念が湧いてくる
乳飲み子を置いて出かけ
こどもの存在をすっかり忘れた
私のようなクロウサギはいないのか

穴で育った仔ウサギは
入口を蹴破り
たくましく跳ねて行く
森の奥へ

シマジローという猫がいた

――猫が好きなのですか？という問いに答えて

シマジローという猫に出逢って
猫を知るようになった
好きとか嫌いとかをこえて
猫の姿で生まれてきて
生涯を終えたものに出逢って
猫を知るようになった

野良猫のシマジローは
小柄な茶トラのメス猫で
子猫を三回産んだ
それは自然のなりゆきのようで
その度に子猫達を連れて来て

私を喜ばせてくれた
のみならず
野生の母性を見せつけ
私を圧倒した
その糞尿の匂いで
清潔好きなヒトに嫌われ
捕えられ避妊手術をうけた
腹にはすでに数匹の子が入っていた
愛猫家の女医に処置され
身軽になったシマジローは
街に放たれた

世界中のすべての猫は
行きつくところの
リビアヤマ猫から始まった
砂漠の夕陽を眺め

オアシスの木陰で眠り
宮殿の王妃の胸に抱かれることもあった
神の使いとしてあがめられ
魔女の手先として処刑され
なによりも　ねずみを退治するという
美徳の為に重宝され
海路で　陸路で　人と共に
地球上に拡がっていった

いつのころからか　家で飼われる猫と
野良猫に分かれた

数ヶ月ぶりに姿をみせたシマジロー
片目が傷つき
腹の毛がごっそり抜けていた
日が経つごとに皮膚病はひろがり

血が滲んだ
治療のために捕えようとしたが
二度とつかまらない
日に日に弱るシマジロー
私の顔を見てニャゴと鳴き声を上げた
初めて聞く甘えた鳴き声
抱き上げようと手をさしだした
が　シマジローは唸り声を上げた
全身の力をふりしぼり拒否していた
ふりかえり　ふりかえり
去って行ったその日
高いところから　長い時間
眺めていた　その視線の先
池のほとりの
樹木が風にゆれていた

それが　シマジローをみた最後
もう　来ないと
わかった

そして　いまこそ知った
野良猫こそ　猫本来の猫
風にゆれる樹木のむこうに
砂漠のオアシスを見ていた　と
シマジローは
そこに還って行った　と

星合《ほしあい》の夜

夜にわたしが本を読んでいると
机の下で寝息をたてて眠っている
そのかすかな音を聴くと
しらずと優しい気持ちになる

前足をクロスさせ
両の目をふさいで眠っているが
夜でも目がきく　見えすぎる目
きっと　眼裏《まなうら》で何かを見ている

今日のまひるまに
悲しげな寝言を聞いた
あれは　たしかに

身の上を嘆いていた

毛づくろいのたびに
自分の腹のピンク色の
粟粒ほどの乳首をかんでいる
仔に乳をやる機会をうばわれ
ザラザラした舌でなめている

ガラス戸を開けて
恋の相手を探しにお行きと
言ってやるのも一つの方法
でも　ごめん
いましばらくは
わたしと一緒にいておくれ

＊星合《ほしあい》…七夕《たなばた》のこと

瞳の進化

右眼が膨らんだり
左眼が縮んだり
視線を合わせようとしても
目をそらせる

夜になると
ぞっとした貌で周りを見る
黒目の奥を覗き込んでも
なにも見えてこない

ヒトが進化の途上で得た瞳は
ヒトだけのもの
身を守るために茫洋と世界を見るネコ

おまえの暗黒の眼の謎が解けた
私をたじろがせる未開の闇の奥に
意味づけなど無意味
本能にしたがい
夜ごとの警戒におこたりないだけ

今夜もおまえは
すぐ横にいながら
馴れない貌で
私を見張る

とどのつまりは私たち
目を合わせないで
アイコンタクト
幻想の夜を共にすごす

猫の王国

その家にはさびしい顔をした猫と
本棚いっぱいの本があった
日がな一日
長椅子に寝ころがり
好きなときに
好きなだけ本を読む
ねじで巻かれたしあわせな時間が
ほどけきるまでの夢の世界
迷い込んだ人だけが知る
猫の王国

Ⅲ　月の名前

月の名前

今夜はどんな月だろう
空を見上げて月をさがす

ひかりの線からはじまる
初月（はつづき）

すこしずつすがたを現してくる
二日月（ふつかづき）
三日月（みかづき）

黄色のぬりえがぬられていく
弓張月（ゆみはりづき）
待宵（まつよい）

名月（めいげつ）
十五夜ののちは

影がひかりを消していく
十六夜（いざよい）
立待月（たちまちづき）
居待月（いまちづき）

こんなにも空を見上げて待っている
寝待月（ねまちづき）
更待月（ふけまちづき）

真夜中の月は二十三夜
有明月（ありあけづき）は残月
ひかりが消えていく

月をさがして空を見上げる
月とわたしのあいだに雨がふっている

雨があがると雲間から
雨月（うげつ）が顔を出してくる
物語が始まるのはこんな夜

インターネット　I

このごろ
ひとけのない古書店に
細い川が流れ込んでいるのを
知っていますか
南米アマゾンの大河につながる
細い川の流れ

樹上で生活する動物たちの
鳴き交わす声の
あいだをぬって
暗い密林のなかを
綺麗な色の鳥が
飛び交っている

そうしてわたしの欲しいものを
木の実を啄むように
取ってきてくれる

おそるおそる
手をそめた
禁断のとびら
そんなおおげさなものではないけれど
なんて不思議な
なんて便利な
想像力の進化

正直なところ
わたしは
うたがいのこころを
すてきれない

インターネット　Ⅱ

締め切り日間近に
送られてきたメール（電子文章）
ＰＤＦで入稿してください

ＰＤＦとは
ポータブル・ドキュメント・フォーマットのこと
インターネットで配信する
電子文章の規格

さきごろ
文豪作家の未発表原稿が発見され
特徴ある筆跡から
本人のものに間違いないと鑑定された

このまま電子文章が広がると
埋もれた作品の
筆跡鑑定など役にたたなくなり
そのかわりに必要になるのは

語彙鑑定　文体鑑定　思考鑑定
はたまた変換ミス鑑定

そんなことを考えていて
うっかりと
大事なものを送ってしまった

ちいさなテンと
コンマのつまった
すきまだらけの詩を

アイコ

アイコ持っていく?
さっき会ったばかりの
観光タクシーの運転手さん
トランクを開けて軍手を取りだす
賢治の詩碑への道の途中
ほの暗い木陰に生えている山菜の
調理方法を指南してくれる

宮澤さんはケチだから
いや金儲けがうまいから
新幹線を自分の土地に走らせた
へぇー!
はじめて聞く地元の世間話

それだけ広い土地の持ち主だってこと
この地の人の語りには牧歌的な響きがある

――下ノ畑ニ居リマス
広々と畑がひろがる
その向こうには北上川
イギリス海岸も青く光る
人も動物もすがたを見せないが
農学校の教室で鹿踊《ししおどり》の被り物がさわぐ

アイコは茹でて茎を食べるらしい
葉にイラクサの棘のある
山菜の女王アイコは
旅のあいだカバンの中で
不用意に手を入れる私の指を
刺しつづける

ミズ

ミズを一皿
あっという間にたいらげる
ぬるっとした噛みごたえ
何年ぶりだろう

りんご園のある高台から
眺めのよかった松原
一本の木を残して流され
その木も根っこが海水にやられた

レプリカの一本松を目指して
ここまで来た

＊

あんたらになにがわかるの！
わたしになにがわかるというのか！

共感のなみだと
恐怖　うしろめたさ
土ぼこりをあげながら
人の後をとぼとぼ歩く

見上げた松の木の天辺に
カラスが巣をつくり
いそがしく出入りしていた

ミズのおひたしは
冷たく美味しくのどを過ぎ
もうそれも忘れていく

＊津波の被害を受けた陸前高田の「奇跡の一本松」

イギリス海岸

いつしか
川幅は狭く
対岸の緑がまぶしく
水の色は青く澄む
川床の白い石が
硬質な断層を見せて光る
ここがあのイギリス海岸

蛇行した岸辺に架かるちいさな鉄橋を
ちいさな列車が渡って行く
夜明けに向かって
夜空を走り抜ける
銀河鉄道さながら

荒れた大地を耕しながら
湧き上がる希望を燃やし
詩を　童話を
残してくれた人

イーハトーブの自然
草花　動物が
童話のこどもたちが
今もそこにいる

北上川の青い水は
修羅の思いをいだいて
穏やかに流れて行く

七夕のゆめ

海に向かって泣いていると
ちいさな星が　またひとつ
海の端に落ちていく

空を見上げ
さがしていると
ちいさな光が差してくる

誰もが傷ついて
こころに棘を抱いたまま
立ちつくしている

蒼い空の奥から

かすかな声が　聴こえてくる
遠くの空で星がまたたく
こどもたちは　ここに　いるよ

北上川の流れに落ちた
ちいさな星たち
空の上に帰っていった

北上川は　ゆったり
天の川を映し
海の向こうへ広がっていく

ちいさな光と声が
夜空にあふれ
眠りがおとずれる

＊東日本大震災「大川小学校」

魔法のことば

あなたはこれから先なにをしても許される
そういう星のもとに生まれています

悩みを相談したおじいさんに
そんなふうに言われても
信じたわけではなかったが

ついに家を出た
いつのまにか十年が過ぎ
請われて帰って来た
悪くいう人はいなかった

おじいさんに魔法をかけられて

すがたを消した女《ひと》が
もどってきた
現代のおとぎ話

これで良かったのかしら
それで良かった
あなたはそういう星のもとに生まれた

魔法のようなことばで
すくわれた心

これからはじまる
新しい物語にも
魔法のことばはあるにちがいない

坂の途中の家

なだらかな坂の途中
これという目印もない
選ばれた人しか入れない
どこにもない良い家

白いマスクで顔を覆い
献身的にお世話をする
善意の若い人
老いた人の絶望にたじろぐ

廊下のむこうから一直線に来て
むこうずねを蹴り上げてくる人
どんな怒りをいだいているのか

これまでのことはわからない

寂しい寂しいを口癖にして
まとわりつく人
ふと我にかえり
死んでしまいたいとつぶやく

古いセーターのたくさんの毛玉
ほそい記憶のからまり
ほどけない結び目は
小さな鋏で取り除いてあげる

夕陽が射す窓辺で
夕焼けを眺めるのが好きな人
陽が落ちると一瞬見えなくなる

いつのまにか増えているのに
だれも気がつかない
どこにでもある家

時間どろぼう

どうしたらいい?
どうしたらいい?

エレベーターが開くと
待ちかまえていて
出てくる人にだれかれかまわず
悲しそうに問いかける

ときおりは明るい顔で
来客に出す料理の話をする
記憶がおぼろな人

時間といっしょに

奪われていく記憶よ
無慈悲な時間どろぼう

ファンタジーの世界では
盗まれた時間は戻ってくるが
この世では取られっぱなし

それなら
それで
時の尽きる
ときまで
あなたと　ともに　いましょう

毛玉

その人はいつも娘を待っていた
娘は母のセーターの毛玉に気がついた
母の前に座り
小さな鋏で毛玉を取り始める

娘は黙ったまま熱心に
小さな鋏をうごかす
苦悩を包むやわらかな毛玉を
母の体から取り除いていく

二人は何を思っているのだろう
聞こえない二人の会話が
二人の周りを満たしていく

以前私はとんでもない失言をした
おぼつかない足取りの母親と
手をつないで歩いている娘さんに
仲いいですね　と声をかけた

二人はパッと手を離した
母親はよろめきながら
ひとりで歩いて行った

どちらが先に手を離したのだろう
老いた姿を見せたくなかったのだろうか

毛玉はたくさんある
小さな鋏はうごきつづける
じゃまをしてはいけない

山の辺の道

シゲお祖母様《ばあさま》は
銀色の髪をきれいに結いあげ
黒丸のカモジを付けていた
折れ曲がった腰を時おり伸ばし
晴れやかに私を見下ろす
若い頃には
恋する若者が屋根から忍んで来たとか

庭を向いて端座していたあの時
何を思っていたのか
おだやかな顔で遠くをみていた
波乱の生涯を知ったのは
ずいぶん後のこと

生きていれば
百三十七歳になる祖母と百五十歳の祖父
そして父から私につながる
ひとすじの道
この地にも来たにちがいない
小高い丘から山並みを眺めていると
そんな気がする

石上神宮《いそのかみじんぐう》を抜け
山の辺の道の始まるところ
標識の前で思案する
畑の向こうの窓が開く
見知らぬ人が腕をふり道案内
この辺りの人は古代から
迷い人を見てきた

布留川の深い谷を覗き込む
裂けめの流れに目をうばわれる
一瞬　谷底に落ちてゆく

谷は人の心を削り
道はのどかに今に続く

待てど暮らせど

その日
一九九五年一月一七日月曜日
寒い朝だった

夫は始発の新幹線で東京へ行く予定
私は朝五時すぎに近くの駅まで送っていった
家に戻りストーブの前で少しうとうとした
五時四六分　突然部屋が揺れた
食器戸棚から皿が飛び出し
スチールの本棚が横に崩れた
タンスの箱が息子の頭に落ちてきた
テレビは兵庫県で強い地震があったことを伝えていた
それ以上のことはまだわからなかった

夫は新大阪駅
ホームの売店の前で
突然強い揺れに襲われた
天井の蛍光灯がガシャンガシャン落ち
自販機がバタンバタン倒れた
車両が波打って揺れた
夫が公衆電話をかけてきた
新幹線も地下鉄も動かないので迎えに来てほしい
二〇分で行ける　私は車で新大阪に向かった

夫はそこで　三時間半待った
いわく　待てど暮らせど迎えは来なかった
いわく　そんなに待つくらいなら歩いて帰れた

私は渋滞で進まない車の中で

夫が待っていることが気になり
勤め先のことが気になり
家のことが気になり
あろうことか
駅に向かったり
会社に向かったり
家に向かったりしていた

やるべきことの順番がわからなくなり
時間の流れの中で漂流していた

私が経験したことはたったこれだけ
三時間半の自己喪失

経験した以上のことを感じとるのは想像力
今日はそれがためされる日

あれから二十二年
追悼のセレモニーが映されている

＊阪神淡路大震災

IV 葉の断片

葉《よう》の断片　Ⅰ

久坂葉子に

異人館街の
細い道を
山の方に急ぐと
片側は崖
危険な
石段が続く道
恋しい人を
待ち伏せる
私の心は
もう流れに落ちてしまったかのように
冷たく
張りつめて
あの人を待っている

あの人は
自然な笑みを浮かべて
石段を下ってくる
あの人はおとなだ
私をこどもと思っている
私はどんな顔をしているのだろう
あの人と私がすれ違う
この一瞬
ふたりの
永遠の時間の共有
くるおしく求めても
得られないものがあることを
知った日

＊久坂葉子…一九三一年神戸生。十八歳で芥川賞候補。二十一歳で阪急六甲駅で鉄道自殺。

葉《よう》の断片　II

久坂葉子に

この美しい
李朝のお皿さえあれば
私はしあわせ
落ちてゆく生活など
どうでもいいの
はなれの一部屋で
叔母や弟と興ずる花札
暗い家の中
そこだけ輝く永遠の中の
一瞬
はじける笑い声
闇に埋没していく小さな光

私はがむしゃらに働く
私はお嬢ちゃんではない
そう　私は一人の女
自分で稼ぐ一人の人間
煙草をふかし　お酒も飲む
心の中に生まれる
あの方への思いは
どうすることもできない

差しだされる多くの手を振り払い
最後の力を振り絞り
傷ついた小鳥のように
貴女は鉄路に飛んだ
闘いに破れた姿こそ
燦然と輝く
新しい一人の女

今こそ貴女に告げたい
なぜ　待っていてくれなかったの
女達は　少しは　強くなっています

＊久坂葉子…「葉の断片Ⅰ」の注参照

詩の一行

遠い北国のことばと思っていたが
けんじゃ　は
賢治ゃ
と知ったとき
にわかにたちあがってくる詩の一行

＊

あめゆじゅ　とてちて　けんじゃ

あめゆきを　とってきてください
賢治にいさん
あのつめたくて　あまい
アイスクリームのような
あめゆきを　とってきて！

まえにも
こんなことがありましたね
賢治にいさん
わたしが病気に負けそうなとき
アイスクリームをたべさせてくれましたね
ひとくちごとに　げんきになりました

またあのときのように
すぐにげんきになります
あめゆきを　とってきてください
賢治にいさん

トシはいつも
賢治にいさんと共にいます

＊宮澤賢治「永訣の朝」

知ることは愛すること

鮎川信夫へ

荒地にたたずむ孤高のモダニスト
幽霊船長と呼ぶ人もいた
可愛い子猫との遊戯を楽しむこともあった
私を言葉の荒波に放り出し
逃れがたくさせる詩の
文体について
教えてくれた　詩の解釈は本能的に

悪と考えるが　知ることは愛すること
遺言執行人として　知るための
解釈は否定しないと
私はもっと早く知りたかった　鮎川
信夫の詩を　読まず嫌いの詩の

文体が合うか合わないか
教えてくれた言葉のまま　愛しはじめている

アメリカから上陸した
遊園地ディズニーランドで
彼は子どものように嬉々として
我を忘れても　母を連れてきたかったと
脳出血で急逝する間際までゲームを楽しんだ
分析や解釈をこえて　存在の喪失は
大きな穴を詩人達の心にあけた

愛されることを重荷に感じ
知られることを拒否したあなただったが
いまでは否応なしに知られる存在となった
私はあなたを愛しはじめている

＊1、2、3連の語頭に押韻あゆかわのぶお

路上で

家に帰る人が
夕ぐれどきの路上を行き交っている

２０１６年春の　薄寒い日
現代詩のつどいに集まった人は
ここ淀屋橋のたもとで
毛布を被って寝ている人を見る

多くの人に見られることで
安心しているかのように
ぐっすりと眠っている人

ある詩人の言葉がよみがえる

どこまでも　迷って迷って
家のない場所へ行ってみたい
どこへも帰りたくない　　＊

帰りたくない人は
いつでも帰る人に戻れるはずなのに
途切れてしまった道で
まだ迷ったままでいる

家に帰った私は願う
路上の人にも　家にいる人にも
等しく訪れるいっときの眠り
安らかな夢も等しく　と

どこへも帰りたくない人も
いつかは　空へ帰って行く

＊鮎川信夫「路上のたましい」

糸瓜《へちま》のつる

六尺の病床の
小さな花園に飛んでくる
白い蝶と黄色い蝶
白ちゃんと黄ィちゃんのかくれんぼ
花の陰にみえかくれして　いいなぁ

山里の林の木いちごを
食べて食べて　むさぼり食べて
日が暮れるまで食べ続けたなぁ
果物はいいなぁ
今日は何をたべようか

長い夜の過ごしかたのひとつ

夜の音を記録して
朝が来るまで待つ
朝が来てみれば　なんてことない
まだ生きていた

糸瓜《へちま》の細いつるは伸びる
葉は茂り花は咲き実は生る
見えるもの　見えないものを
命のかぎり写生する
もっと生きたい…

子規は煩悶した
今では忘れ去られた煩悶という言葉
遠い日の遠い人の目になって
糸瓜《へちま》を見る
私の胸も物狂おしくかき乱される

N氏の小説作法

浜辺に打ち上げられた
穴のあいた白い貝殻
海水に晒され朽ちた木片
小指のつめほどの薄紅色の貝殻

波に揺られて反芻される
記憶のかけら
幾層にも膜をまとい刺し続ける
真珠を生むように書き続ける

作品の中で自分を鞭うち
何度も死んだ

残された小説の数だけ
ひかりをもとめ
別の結末を夢みる
真実のシーンをさがして読む
小さなつむじ風が立つ

その小説作法こそ私の憧れ
いまここにあるという名前の人
含羞の微笑とともにひっそりと
書物の森に去って逝った

きっと　そこで
無垢な少年の眼で
父の歌を聴いているにちがいない

＊野口存彌《のぶや》…父は野口雨情。二〇一五年十二月五日逝去（八十四歳）。

新島《にいじま》の鯨

三十年以上前の詩の教室でのこと
植松孫一さんはいつも
安西均先生から一番遠い席に座る
ところが飲む席はたいてい先生の横
先生と一緒に皆で
新島の植松さんの家へ行った
竹芝桟橋から夜行船で島へ
船の中では車座でお酒を飲み交わし
新島の山道を流人の跡を巡って車で走り
白波の立つ海で海水浴
お母様の手料理に皆で酔った
お母様は島唄を唄ってくださり孫さんを驚かせた

「おれ日本一の漁師になってやると思っていたんだ
けど船酔いがつらくて
血を吐くほどひどくて　あきらめたんだ
島の学校に勤めていたけど
詩の勉強がしたくなって
おふくろをだまして東京に来たんだ」

私が大阪に転居することを伝えたら
よほど心細い顔をしていたのか
背広の内ポケットから自分のお守りを取り出しくれた
後年そのことは忘れていたようで
それでおれの運が無くなったのか
なんて照れていた

志賀英夫さんが植松さんの詩をあまりにほめるので
植松さんの『ものぐさ詩信』三部をみせた

手書きの字と絵が美しい私の宝物だった
志賀さんはすぐさま版下をつくって植松さんに送った
植松さんの詩集『残された浜辺より』（詩画工房）は
私のお節介から生まれた
読んだら忘れられなくなる詩が詰まっている
安西先生もきっとほめてくださる
生涯に一冊の詩集ぐらい出せる
先生は植松さんにそう言った

一九九五年の「オーガスト」を開くと
亡き人たちの詩が並んでいる
豊田俊博さんの「哀しみ」「精霊の島」「洗礼」
富沢京子さんの「渓谷の星」「祭りの後」
山田京一郎さんの「ペンギン横丁」「ひとはどこへ行くの」
大八木博さんの「恋唄きゅうじゅうご」「50年目の記憶」
みんなこんなにいい詩を書いていたんだ

すごいなぁ

新島の浜辺から沖を見ると
鯨がプアーと潮を吹く
あれはきっと植松さん
いつものボーヨーとした顔で
新島の海を回遊しているにちがいない
鯨だったら船酔いしないよね
植松さん

＊植松孫一　没年２０１６・12・31
＊志賀英夫　没年２０１６・12・30
＊安西均　没年１９９４・２・８
＊新島　伊豆七島の一つで東京都に属する。江戸時代に政治犯が流された。
＊「オーガスト」　安西教室の有志のアンソロジー

かたおもい

夏の朝
猫がいなくなり
網戸が破れていた
狭い部屋が嫌になって
広い世界へ冒険にでたのか

深夜に未明に
私は猫を探してさまよった
五日目の明けがた
生垣で寝ている猫を見つけた

抱いて連れ帰る
私の腕の中で

猫は激しく暴れた
私は猫を撫でる
五日の間
どこでどうしていたの
お願いだから
私を見捨てないでおくれ　＊
眼をそらせ横を向く　猫

＊吉野弘「つきあい」

抱きしめてをさがして

何処かで見かけた
頭の隅に残っている
抱きしめてという言葉
さがして何日も新聞を繰る

あった!
マッカーサーを抱きしめて
日本の戦後史の記事だ

ミルク飲み人形を抱くように
熱狂的に抱きしめて
間もなくポイと捨ててしまった
我らの先輩達の血筋

日本人は十二歳の少年のようなもの
というマッカーサーの発言
に幻滅した我らの先輩達
そこから数えても
もうたっぷり大人になっている我ら

知らされることの無かったことまで
なにからなにまで見透して
我らの血筋の正体を知りたい　と
熱く思うことが
もう血筋につながっている？

歴史の中から立ち昇った
抱きしめてという言葉に
込められた意味を問う

モノレールに乗って

このモノレールに乗って
どこまでも行こう
どこまでも行けるわけない
終点は空港

一番前に座っていると
レールがニョロニョロのびてゆく
長い脚で街を跨いでゆく
どこまでも行けそうな気がする

飛行機が斜めに降りてくる
あれは二十年も前
父を捜してロビーをかけまわった

出発の時刻も聞いていなかった

いつも見送られてばかりだったのに
父をはじめて見送った
おどけた子どもっぽい顔をしてた
親の気もちになった

モノレールは終点で折り返したはず
どういうわけか外が見えない
暗い雲のなかに入ったまま揺れる

どこへ向かっているのか
レールを外れたモノレール
車両は見知らぬ人で混雑してる

あとがき

第一詩集『愛の谷』を出してから六年が経ち、二冊目の詩集を纏めることを思い立ってからも一年が過ぎようとして、いまようやく、詩集『フラクタル』を上梓することができます。

ここに収めた四十五篇の詩は、その時々に、同人詩誌「柵」、「RIVIERE《リヴィエール》」、「瑠璃坏《るりのつき》」、西崎想さんの個人誌「春夏秋冬」、「詩と思想」、関西詩人協会の「詩のひろば」などに発表したものです。

四章に分けていますが、作品の内容でなんとなくこのようになりました。書いた時期も前後しています。読みかえしてみますと、多くの詩に満足できなくて、手を入れることになりました。しかし、かたちを整えても、あまり変わらなかったとも感じています。

青木はるみ様には、私が大阪に転居して来た三〇年前から、私の拙い詩を読んでいただきました。この度もお願いして帯文を書いていただきました。心から感謝いたします。

吉田定一様には、昨年の私の詩文集『すべては一匹の猫からはじまった』

以来、この詩集についても大変お世話になりました。松村信人様には、多くの御助言をいただきました。ありがとうございました。
あらためて、私の詩集の出版に手を貸してくださった方々に、御礼申し上げます。

令和元年　十一月一日

市原礼子

著者略歴

市原礼子（いちはられいこ）

1950年　愛媛県で生まれる。
1973年　北里大学薬学部薬学科卒
東京で結婚。夫の転勤に伴い転居。平成元年より大阪在住。

詩誌「RIVIÈRE」、文芸誌「群系」同人
関西詩人協会、日本詩人クラブ所属

著書
2013年　詩集『愛の谷』詩画工房
2018年　詩文集『すべては一匹の猫からはじまった』双陽社
2019年　詩集『母の二重奏』（共著オドヴェイグ・クライブ）JUNPA BOOKS

住所　560-0005
　　　大阪府豊中市西緑丘 1-4-1-204
e-mail　ichiharatr@hotmail.co.jp

市原礼子詩集　フラクタル
二〇一九年十一月十一日発行
著　者　市原礼子
発行者　松村信人
発行所　澪　標《みおつくし》
大阪市中央区内平野町二-三-十一-二〇二
TEL　〇六-六九四四-〇八六九
FAX　〇六-六九四四-〇六〇〇
振替　〇〇九七〇-三-七二五〇六
印刷製本　亜細亜印刷株式会社
DTP　山響堂 pro.

定価はカバーに表示しています
落丁・乱丁はお取り替えいたします